Nota para los padres y encargados:

Los libros de *Read-it!* Readers son para niños que se inician en el maravilloso camino de la lectura. Estos hermosos libros fomentan la adquisición de destrezas de lectura y el amor a los libros.

 El NIVEL MORADO presenta temas y objetos básicos con palabras de alta frecuencia y patrones de lenguaje sencillos.

 El NIVEL ROJO presenta temas conocidos con palabras comunes y oraciones de patrones repetitivos.

 El NIVEL AZUL presenta nuevas ideas con un vocabulario más amplio y una estructura gramatical más variada.

 El NIVEL AMARILLO presenta ideas más elevadas, un vocabulario extenso y una amplia variedad en la estructura de las oraciones.

 El NIVEL VERDE presenta ideas más complejas, un vocabulario más variado y estructuras del lenguaje más extensas.

 El NIVEL ANARANJADO presenta una amplia de ideas y conceptos con vocabulario más elevado y estructuras gramaticales complejas.

Al leerle un libro a su pequeño, hágalo con calma y pause a menudo para hablar acerca de las ilustraciones. Pídale que pase las páginas y que señale los dibujos y las palabras conocidas. No olvide volverle a leer los cuentos o las partes de los cuentos que más le gusten.

No hay una forma correcta o incorrecta de compartir un libro con los niños. Saque el tiempo para leer con su niña o niño y transmítale así el legado de la lectura.

Adria F. Klein, Ph.D.
Profesora emérita, California State University
San Bernardino, California

Translation and page production: Spanish Educational Publishing, Ltd.
Spanish project management: Jennifer Gillis/Haw River Editorial

First Spanish language edition published in 2007
First American edition published in 2003
Picture Window Books
5115 Excelsior Boulevard
Suite 232
Minneapolis, MN 55416
1-877-845-8392
www.picturewindowbooks.com

First published in Great Britain by Franklin Watts, 96 Leonard Street, London, EC2A 4XD
Text © Jillian Powell 2001
Illustration © Summer Durantz 2001

Printed in the United States of America.

Library of Congress Cataloging-in-Publication Data
Powell, Jillian.
[Naughty puppy. Spanish]
El perrito travieso / por Jillian Powell ; ilustrado por Summer Durantz ; traducción,
Clara Lozano.
p. cm. — (Read-it! readers en español)
Summary: Golo the puppy does nothing right at the dog show, but when the judge's hat
blows away, he saves the day.
ISBN-13: 978-1-4048-2671-7 (hardcover)
ISBN-10: 1-4048-2671-8 (hardcover)
[1. Dogs—Fiction. 2. Animals—Infancy—Fiction. 3. Dog shows—Fiction. 4. Hats—Fiction.
5. Spanish language materials.] I. Durantz, Summer, ill. II. Lozano, Clara. III. Title. IV. Series.

PZ73.P69 2006
[E]—dc22
2006005394

El perrito travieso

por Jillian Powell
ilustrado por Summer Durantz
Traducción: Clara Lozano

Reading Advisors:
Adria F. Klein, Ph.D.
Professor Emeritus, California State University
San Bernardino, California

Ruth Thomas
Durham Public Schools
Durham, North Carolina

R. Ernice Bookout
Durham Public Schools
Durham, North Carolina

PICTURE WINDOW BOOKS
Minneapolis, Minnesota

Era el día de la exhibición de perros.

Juana llevó a su perrito Golo.

Pero Golo era un perrito muy travieso.

Todos pasearon a sus perritos
frente al jurado.

8

Todos los perritos seguían
a su dueño... ouna

...menos Golo, que perseguía
una mariposa.

Todos les dijeron a sus perritos

que se sentaran, y se sentaron...

...menos Golo, que se revolcaba
en el pasto.

Todos los perritos se
quedaron quietos...

…menos Golo, que quería jugar.

Todos los perritos tenían
que traer un palito.

Golo trajo la sombrilla de la jueza.

¡La jueza estaba muy enojada!

Juana también estaba enojada.

—Eres un perrito muy travieso
—le dijo a Golo.

De repente, el viento se llevó
el sombrero de la jueza.

El sombrero voló lejos por el aire.

Todos se quedaron mirando...

...menos Golo, que se fue corriendo

tras el sombrero.

—¡Agárralo, Golo!

—gritaron todos.

Golo saltó y agarró el sombrero.

La jueza estaba muy contenta.

—¡Bien hecho, Golo! —dijo.

28

Golo movió la cola muy orgulloso.

La jueza le dio a Golo un premio especial por ser el perrito más listo de la exhibición.

Más *Read-it!* Readers

Con ilustraciones vívidas y cuentos divertidos da gusto practicar la lectura. Busca más libros a tu nivel.

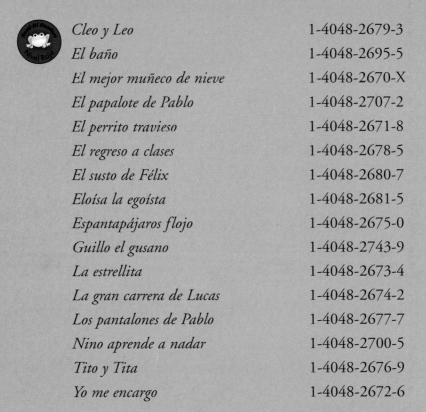

Cleo y Leo	1-4048-2679-3
El baño	1-4048-2695-5
El mejor muñeco de nieve	1-4048-2670-X
El papalote de Pablo	1-4048-2707-2
El perrito travieso	1-4048-2671-8
El regreso a clases	1-4048-2678-5
El susto de Félix	1-4048-2680-7
Eloísa la egoísta	1-4048-2681-5
Espantapájaros flojo	1-4048-2675-0
Guillo el gusano	1-4048-2743-9
La estrellita	1-4048-2673-4
La gran carrera de Lucas	1-4048-2674-2
Los pantalones de Pablo	1-4048-2677-7
Nino aprende a nadar	1-4048-2700-5
Tito y Tita	1-4048-2676-9
Yo me encargo	1-4048-2672-6

¿Buscas un título o un nivel específico? La lista completa de *Read-it!* Readers está en nuestro Web site: *www.picturewindowbooks.com*